OBJETS D'ART

DE CURIOSITÉ

ET

D'AMEUBLEMENT

TABLEAUX — DESSINS

Cristaux de roche — Jades — Inros

BIJOUX

VENTE

HOTEL DROUOT, SALLE N° 11

LE JEUDI 30 AVRIL 1914

A deux heures

Me RENÉ LYON	M. H. LEROUX
COMMISSAIRE-PRISEUR	EXPERT
29, rue Le Peletier	52, rue du Faubourg-Montmartre

EXPOSITION PUBLIQUE

Le Mercredi 29 Avril 1914, de 2 heures à 6 heures

CONDITIONS DE LA VENTE

Elle sera faite au comptant.

Les adjudicataires paieront *dix pour cent* en sus des enchères.

Paris. — Imp. de l'Art, CH. BERGER, 41, rue de la Victoire.

DÉSIGNATION

MEUBLES ET SIÈGES

1 — Bel ameublement de salle à manger en noyer sculpté, de style Renaissance, composé d'un buffet à crédence, d'une panetière, d'une table de milieu et de douze chaises garnies en panne bleue.

2 — Armoire, à deux portes pleines, en noyer sculpté, de style Louis XV.

3 — Armoire en palissandre, à trois portes à glaces.

4 — Chaise longue, de style Louis XV, en noyer sculpté, recouverte en soierie.

5 — Ameublement de salon, de style Louis XV, en noyer sculpté, recouvert en étoffe brochée soie.

6 — Coffre en bois sculpté et laqué. Style Directoire.

7 — Ameublement de chambre à coucher en noyer sculpté et ciré, de style Louis XV, composé d'une armoire à deux portes à glaces, d'un lit de milieu et d'une table de nuit.

8 — Horloge en chêne sculpté. Style XVIIe siècle.

9 — Grand meuble, de style Louis XV, en noyer sculpté; la partie inférieure formant commode à quatre tiroirs et celle supérieure vitrée à glaces biseautées. Exécuté par GOUFFÉ.

10 — Ameublement de chambre à coucher, de style Louis XVI, en citronnier orné de bronzes, composé d'une armoire à deux portes à glaces, un lit de milieu et table de nuit.

11 — Ameublement de salle à manger en noyer sculpté à voussure, de style Renaissance.

12 — Lavabo en marbre blanc.

13 — Bureau de dame en acajou, orné de bronzes.

14 — Piano en noyer clair, de D. MARQUA.

15 — Armoire à deux portes. Époque Louis XIII.

16 — Bahut à deux portes. Époque Louis XIII.

17 — Bureau à dos d'âne. Époque Louis XV.

18 — Commode en bois de violette, ornée de bronzes. Style Louis XV.

19 — Bahut de salon en marqueterie. Genre Boulle.

20 — Bahut de salon en marqueterie de bois, à figure et ornements.

21 — Table de jeu Louis XVI.

22 — Quatre fauteuils en noyer. Époque du Premier Empire.

23 — Chaise longue en deux parties, noyer sculpté, de style Louis XV.

24-25 — Deux canapés-marquise, de style Louis XVI, recouverts en brocart.

26 — Meuble à musique, orné de peintures et garni de bronzes.

27 — Bergère, de style Louis XV, garnie en étoffe ancienne.

*

28 — Banquette de piano en bois sculpté et doré, de style Louis XVI.

29 — Petit meuble-classeur Terquem.

30 — Vitrine, de style Louis XVI, en marqueterie de bois.

30 *bis* — Deux fûts de colonnes en bois sculpté, de style Louis XVI.

31 — Meuble de fumeur en poirier sculpté, à attributs, formant crédence supportée par des sphinx.

32 — Piano de *Érard.*

32 *bis* — Paravent japonais en bois de teck orné d'incrustations, fleurs et oiseaux, en nacre et ivoîre.

OBJETS D'ART
CURIOSITÉS

33 — Charmeuse. Groupe en bronze, par CAMPAGNE.

34 — Amour naufragé. Statuette en marbre de Carrare, par LANDUCCI.

35 — Deux lions en marbre, de style Empire.

36 — Paire de candélabres : Mercure et Isis, en bronze patiné et bronze doré, sur socles en marbre, de style Louis XVI.

37 — Deux statuettes en bronze : Mercure et la Renommée, d'après Jean de Bologne.

38 — Buste de femme en marbre et bronze.

39 — Groupe en bronze : Le Baiser, d'après Houdon.

40 — Aigles attaquant un cerf. Groupe en bronze, par Fratin.

41 — Voleur de cœurs. Statuette en bronze, par Henri Plé.

42-43 — Deux statuettes d'enfants en bronze, par Marcel Debut.

44 — Jardinière en bronze ciselé et doré : feuillages et enfants en haut relief.

45 — Flambeau de bouillotte en bronze argenté.

46 — Deux bustes en marbre de Carrare : Fillette et Amour silence, d'après Falconet.

47 — Paire de vases en porcelaine de la Chine, fond blanc, à décor de fleurs et d'ibis en polychrome.

48 — Paire de vases en émail cloisonné de la Chine, fond turquoise, à décor de fleurs et d'arabesques.

49 — Paire de petits vases, en émail cloisonné de la Chine, fond vert d'eau, décorés au dragon.

50 — Paire de vases à anses, en émail cloisonné et gravé, à décor d'armoiries et de chauves-souris.

51 à 53 — Statuette de femme, et deux statuettes : Philosophes, en porcelaine de Chine, polychrome.

54 — Brûle-parfums en bronze de la Chine, à réserves de fleurs ; socle en bois de fer sculpté.

55 — Jardinière en bronze du Japon, à ornements en relief niellés or et argent.

56 — Lampe en émail cloisonné du Japon, montée en bronze.

57 — Corbeille en métal argenté et gravé.

58 — Grande vasque en porcelaine du Japon, fond blanc, à décor de fleurs en bleu.

59 — Paire de petites potiches à thé en porcelaine de Chine, à décor de personnages.

60 — Service à dessert en porcelaine de Sèvres.

61 — Réchaud en métal argenté.

62 — Compotier en cristal et métal argenté.

63-64 — Boîte et coffret en métal argenté et gravé.

65 — Paire de potiches en porcelaine de Chine, à décor de personnages en bleu sur fond blanc.

66 — Paire de potiches en porcelaine de Chine, fond jaune Impérial, décor en relief de vases et attributs.

67 — Paire de cornets en porcelaine de Chine, fond bleu, à réserves de personnages et de fleurs.

68 — Deux gargoulettes en porcelaine de Chine bleu turquoise.

69 — Tigre en bronze.

70-71 — Deux divinités en bronze de la Chine.

72 — Marie-Antoinette. Buste en terre cuite.

73 — Mme de Lamballe. Buste en biscuit.

74 — Paire de potiches en porcelaine de Chine, fond vert, à décor de fleurs.

75 — Paire de vases, de forme aplatie, en porcelaine de Chine, à doubles médaillons de fleurs et d'oiseaux.

76 à 78 — Trois brûle-parfums en bronze japonais.

79 — Service de toilette en porcelaine de Chine.

80 — Deux tsubos en porcelaine de Chine, à décor de fleurs et d'oiseaux.

81 — Groupe d'éléphants.

82 — Paire de potiches en porcelaine de Chine, fond bleu fouetté, à réserves de fleurs en polychrome.

83 — Soupière en porcelaine d'Allemagne, décor de fleurs.

84 — Vase en porcelaine d'Allemagne, à décor de fleurs et papillons.

85 — Compotier en porcelaine d'Allemagne, à décor de fleurs et personnages.

86 — Calice en cristal, décoré de peintures : fleurs.

87 — Huilier en porcelaine décorée, formé par deux oiseaux.

88 — Théière en porcelaine d'Allemagne, à décor de fleurs.

89 — Paire de vases côtelés en émail bleu turquoise.

90 — Paire de potiches en émail fond vert.

91 — Corbeille en porcelaine de Nankin.

92 — Tulipière en porcelaine de Nankin.

93 — Divinité en grès de Bizen.

94 — Confucius. Statuette en grès de Bizen.

95 — Dieu d'Abondance. Statuette en grès de Bizen.

96 — Paire de petits vases-balustres en porcelaine de Chine bleu turquoise.

97 — Boudha en blanc de Chine.

98 — Paire de vases en faïence hollandaise, à décor de fleurs en bleu.

99 — Paire de vases en faïence hollandaise, à décor polychrome à fleurs et lambrequins.

100 — Deux assiettes en ancienne faïence de Nevers et une assiette en faïence de Moustiers, à personnages.

101 — Deux plats en faïence hollandaise, à paysages.

101 *bis* — Compotier en faïence de Chantilly, à décor à fleurs.

102 — Deux pots à crème en Mennecy.

103 — Trois salières en ancienne faïence de Nevers.

104 — Pot à crême en ancienne faïence de Marseille.

105 — Deux statuettes en porcelaine décorée, formant veilleuses.

106 — Deux plats en faïence de Delft, à décor bleu.

107 — Plat en faïence de Delft, à décor polychrome.

108 — Trois assiettes en ancienne faïence de Nevers et de Marseille, et un petit plat en Delft polychrome.

109 — Deux raviers et un plat en faïence de Delft, décor paysages.

110 — Deux plats en faïence hollandaise : paysage et pastorale.

111 — Plat en faïence hollandaise : marine.

112 — Deux vases à pharmacie en ancienne faïence italienne.

113 — Groupe : Personnages Louis XVI, en porcelaine d'Allemagne.

114-115 — Deux statuettes en porcelaine de Saxe.

116 — Vase, forme gourde, en porcelaine de Chine jaune moutarde.

117 — Jardinière en porcelaine de Bishu, supportée par deux personnages.

118 — Paire de vases, forme rouleau, en porcelaine de Chine, décor à personnages et paysages.

119 — Paire de vases en porcelaine de Chine, à décor de fleurs en polychrome.

120 — Deux koros, décor à fleurs de pêcher.

121 — Deux vases et deux brûle-parfums en émail.

122 — Lustre-applique en bronze doré, de style Louis XVI.

123 — Pendule en marbre et bronze. Époque Louis XVI.

124 — Statuette en bois sculpté, XVIIe siècle : Saint Nicolas.

125 — Plateau en cuivre gravé et repercé. Travail turc.

126 — Service à café syrien en cuivre ciselé.

127 — Quatre bols en cuivre ciselé. Travail turc.

128 — Huit cuillers en argent, de style Renaissance.

129 — Brûle-parfums en porcelaine, décor Marseille, à personnages.

130 — Pendule à colonnes en marqueterie de bois. Époque Louis-Philippe.

131 — Pendule en bois noir; mouvement automatique à quantièmes.

132 — Statuette de femme en composition, formant torchère à l'électricité.

133 — Pistolet double, ciselé. Signé : *Mathias Schott.*

134-135 — Deux fusils anciens japonais.

136 à 138 — Deux sabres et un poignard.

139-140 — Deux Divinités anciennes en bois sculpté et doré. Travail chinois.

141 — Plateau en bois de teck, orné d'incrustatations de nacre. Travail tonkinois.

142 — Instrument de musique ancien. Chinois.

143 — Paire de gargoulettes en faïence hollandaise, à médaillons.

144 — Théière en faïence de Satzuma.

145 — Paire de vases en émail cloisonné, polychrome et or.

145 *bis* — Sucrier et théière en émail cloisonné, polychrome et or.

146 — Coupe en porcelaine de Vienne, supportée par des enfants.

147 — Corbeille en porcelaine de Dresde, décor de fleurs en relief.

148 — Paire de petites potiches en porcelaine décorée, à têtes de béliers.

149 — Deux jardinières en porcelaine de Dresde, à décor de personnages.

150 — Paire de petites potiches en porcelaine de Chine, à personnages.

151 — Sucrière en porcelaine de Vienne, décor en camaïeu.

152 — Coupe ajourée en porcelaine de Vienne.

153 — Lot de volumes; ouvrages divers. (Sera divisé.)

154 — Lot de cadres. (Sera divisé.)

TABLEAUX ET DESSINS

155 — Bac. En bonne fortune. Dessin.

156 — Boutet (H). Femme à sa toilette. Dessin.

157 — Chérié. Étude de femme. Sanguine.

158 — École française. Bataille.

159 — École française. Tête de Jeune Fille.

160 — École flamande. Le Départ pour le marché.

161 — Helleu. Scène d'intérieur. Dessin.

162 — Laloue (J.) La Tour Saint-Jacques. Aquarelle.

163 — Lemonnier (C.) Le Duelliste.

164 — Renaud (Edmond). Course de chevaux.

165 — Steinlen. Le Départ pour la Soirée. Dessin.

166 — Watteau (Genre de). Pastorale.

GRAVURES

167 — Les Pirates Algériens, d'après Lecomte. Gravé par Jazet.

168 — Un Bazar d'esclaves à Alger, d'après Lecomte. Gravé par Jazet.

169 — Arabes pillant un navire, d'après Lecomte. Gravé par Jazet.

170 — Trait de courage, d'après Lecomte. Gravé par Jazet.

171 — Le Divertissement d'une famille bourgeoise, d'après Greuze.

172 — La Dévotion de la famille au logis, d'après Greuze.

173 — La Poule aux Courses, d'après Linder.

174 — Premier Rendez-Vous, d'après Linder.

175 — Les Hirondelles de mer, d'après Linder.

176 — The Penny Weding, d'après David Wilkie.

177 — The Rent Day, d'après David Wilkie.

178 — La Main-Chaude, d'après José Frappa.

TAPIS D'ORIENT

TENTURES, BRODERIES

179 — Tapis de Perse fond rouge, à grande rosace polychrome; coins et bordure bleu foncé. — 4 m. 70 cent. sur 3 m. 30 cent.

180 — Tapis de Perse fond rouge, rosace et

181 — Grand tapis de galerie, ancien persan.

182 — Grand tapis Yordès.

182 *bis* — Grand tapis fond rouge d'environ 3 m. 50 cent. sur 4 m. 50 cent.

183 — Dessus de piano, style Louis XV, fond crème, brodé en soie.

184 — Lot de rideaux et tentures. (Sera divisé.)

185 — Deux décors de fenêtres en soie brodée.

186 — Décor de fenêtre et décor de lit en étoffe brodée fantaisie.

187 — Paire de grands rideaux de fenêtres en satin rose.

188 — Tapis en soie fond jaune, à fleurs crème.

189 — Quatre pièces d'étoffe, genre Damas, fond rose. — 3 m. 50 cent. sur 60 cent. chacune.

190 — Quatre coupons d'environ dix mètres en étoffe lamée or.

191 — Tapis de table ancien en satin rose brodé et à paillettes. Travail turc.

192 — Châle en crêpe de Chine, fond blanc, brodé de soies de couleurs, avec franges en soie crème.

193 — Tapis de prières ancien hispano-mauresque, fond bleu et jaune, à bordures roses, dessins archaïques.

194 — Deux panneaux anciens en toile de Gênes, dessins à fleurs et volatiles.

195 — Petit couvre-lit en toile blanche, brodé en soies de couleurs multicolores. Travail portugais.

196 — Chasuble ancienne en Damas rouge.

BIJOUX

197 — Sautoir en or et perles fines.

198 — Montre en or avec chiffre en roses.

199 — Collier en perles fines.

200 — Broche-couronne, or et roses.

IVOIRES JAPONAIS

201 — Groupe : Personnage et chimère.

202 — Groupe : Oiseleur.

203 — Groupe : Les Montreurs de singes.

204 — Groupe : Pêcheurs.

205 — Groupe : Marchands de fruits.

206 — Statuette : Pêcheur.

207 — Samouraï : Netzuké.

208 — Femme tenant un lotus. Netzuké.

209 — Groupe de chimères. Netzuké.

210 — Personnage tenant un cheval. Netzuké.

211 — Deux petits personnages accroupis. Netzuké.

212 à 221 — Dix netzukés anciens, en ivoire et bois sculpté.

222 à 228 — Six netzukés.

229 — Tabatière en bois de teck, ornée d'incrustations d'ivoire et de nacre.

230 — Bilboquet en ivoire, travail Chinois.

231 — Coupe en jade à fleurs en relief. Socle en bois de fer sculpté.

232 — Petit vase en jade vert, anses à anneaux mobiles.

233 — Vase-balustre en jade vert, feuillages et oiseaux en relief.

234 — Vase, de forme aplatie, en cristal de roche. Socle en bois de fer orné d'incrustations d'argent.

235 — Vase en cristal de roche, décor d'oiseaux en relief; anses mobiles.

236 — Vase en cristal de roche : oiseaux et bambous en relief.

237 — Coupe en jade vert, forme fleur de lotus, sur socle en bois de fer sculpté.

238 à 244 — Sept inros anciens en laque noir, à reliefs d'or.

245 — Sous ce numéro, seront vendus les objets omis au Catalogue.

www.ingramcontent.com/pod-product-compliance
Ingram Content Group UK Ltd.
Pitfield, Milton Keynes, MK11 3LW, UK
UKHW020541180726
13839UKWH00006B/2649

9 782329 437736